AF499153

CRIS DE L'AME.

Poésies nouvelles,

PAR E. DELPECH.

Il est là haut, là haut, le bien que je désire.
L'abbé BISE. (*Vers inédits.*)

PRIX : 2 FR. 50 CENT.

PARIS,
CHEZ SAUREL, ÉDITEUR,
RUE DES MARTYRS, 35.

Juin 1842.

CRIS DE L'AME.

CRIS DE L'AME.

Poésies nouvelles,

PAR E. DELPECH.

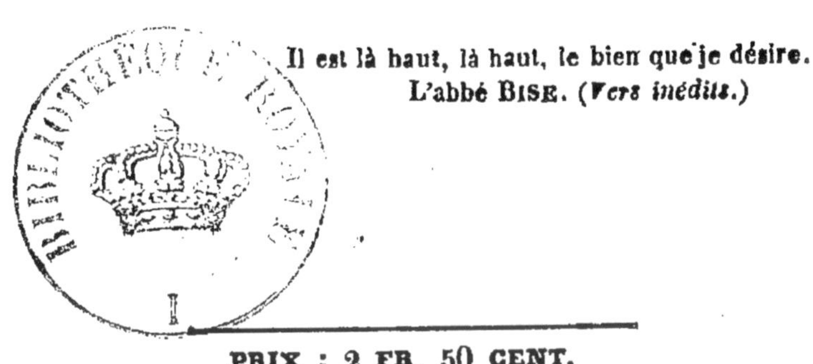

Il est là haut, là haut, le bien que je désire.
L'abbé BISE. (*Vers inédits.*)

PRIX : 2 FR. 50 CENT.

PARIS,
CHEZ SAUREL, ÉDITEUR,
RUE DES MARTYRS, 35.

Juin 1842.

Imprimerie de Worms, boulevart Pigale, 46 (barrière Blanche.)

AVERTISSEMENT.

En livrant à la presse ce petit recueil, nous n'avons fait que céder aux instances de quelques amis : le public sera-t-il indulgent comme eux? Eprouvera-t-il quelques charmes à la lecture de ces vers? Nous le désirons, nous n'osons pas l'espérer. Quoiqu'il en soit, voilà notre œuvre : qu'on la juge. La critique nous trouvera toujours prêts à profiter de ses conseils : nous n'avons pas oublié l'adage si connu : *qui amat, castigat.* Toute fois, nous croyons devoir prévenir les personnes qui voudront bien nous lire avec quelque intérêt, que cet opuscule n'est que le specimen d'un fort volume destiné à paraître sous peu, et avec le même titre : *Cris de l'âme.* Ce titre nous dispense, croyons-nous, de tout commentaire. On verra si nous avons tenu ce qu'il semble promettre.

I

A MA FILLE.

Viens, ma petite enfant, si fraîche et réjouie,
Qu'on dirait une rose à peine épanouie ,
Un bouton d'oranger près d'éclore au soleil ;
Viens caresser mon cœur de ton souris vermeil ;
Viens, de mon front penché, qu'a sillonné l'orage,
Tes mains, en l'effleurant, chasseront le nuage ;
Car, ma fille, le ciel te donne à mon amour,
Comme il donne à nos champs le soleil d'un beau jour
Pour fondre de l'hiver les frimats et les neiges,
Pour dissiper enfin ces lugubres cortéges
Dont marche environné décembre au manteau noir ;
Il t'a donnée, enfant, comme il donne l'espoir,
Parce qu'il ne veut pas qu'homme sur cette terre
Passe, sans y trouver un rayon de lumière,
Une goutte de miel, un grain de volupté....

Il t'a donnée à moi pour ma félicité...
Il t'a donnée à moi pour que je le bénisse,
Pour que soir et matin son hymne retentisse
Elancé de mon luth comme un soupir du cœur.
Sois béni, Dieu puissant, qui m'as fait ce bonheur!
Sois béni mille fois, ô mystère ineffable,
Divine providence, abîme impénétrable,
Où le doute égara si souvent ma raison;
Tu m'éclaires, Seigneur, je fus méchant; pardon,
Sois béni! Je te dois la plus suave ivresse,
Le plus parfait bonheur, la plus douce allégresse...
Sois béni!... pour le don que m'a fait ta bonté!
Sois aimé, sois béni de toute éternité!...
Sois béni pour l'amour que tu mets dans mon âme,
Sois béni pour l'enfant, sois béni pour la femme,
Anneaux doux et sacrés, chaînons d'or et de fleur,
Qui rattachent mon âme à la vie, au bonheur!
Sois béni, sois béni pour la béatitude
Dont tu m'as fait goûter l'immense plénitude,
Que tu te plais, Seigneur, à verser dans mon sein,
Pain de vie éternel, nectar pur et divin,
Dont m'abreuve à longs traits ta bonté paternelle,
Et dont tu me nourris, ainsi que la mamelle
Dans les bras maternels nourrit le jeune enfant!...
Que ton nom, Dieu du bien, soit partout triomphant

Comme moi que l'impie et te prie et t'implore !
Que l'athéïsme en pleurs se répente et t'adore !
Que l'enfant de Brama t'adresse ses concerts !
Que le nomade errant des sauvages déserts
Ouvre enfin sa paupière aux rayons de ta gloire,
Et mêle ton doux nom à ses chants de victoire !
Que le doute s'éclipse aux clartés de ta foi !
Rien n'est bon, rien n'est vrai, rien n'est chaste que toi!
Que toi, mon Dieu, que toi, principe et fin suprême,
Source de tout bonheur, indéfini problême,
Que les yeux de la foi peuvent seuls pénétrer ;
Mystère ténébreux qu'il nous faut adorer,
Où la raison se perd, mais où le cœur sait lire.
Sois béni, sois chanté, mon Dieu, par chaque lyre,
Chaque voix qui module un son dans l'univers.
Tout être a son langage et ses accens divers.
Pour te chanter, ô Dieu, père de la nature,
La plaine a ses oiseaux, le ruisseau son murmure,
La brise ses soupirs, les bois leurs sifflemens,
La tempête ses cris, l'eau ses bouillonnemens...
Pour célébrer ton nom, pour chanter tes louanges,
Tu donnas, ô mon Dieu, la harpe d'or aux anges,
Au ciel son mouvement, au rocher ses échos,
Aux fleurs leur front mobile, à l'océan ses flots,
A la terre ses voix qui par milliers résonnent

A l'air ses habitans qui sans cesse bourdonnent,
Tu donnas à la nuit son langage muet,
Tu donnas au soleil un sublime reflet
De sa splendeur féconde,... et pour que de la terre
L'encens te fût bien dû, ta droite tutélaire
Etendit ses bienfaits sur tout être qui vit,
Marche, germe, s'élève, existe, meurt, verdit.
De l'insecte caché sous le moindre pied d'herbe,
Jusqu'au noble lion, du désert roi superbe,
De la paille légère, à l'orme audacieux,
Du frêle roitelet jusqu'à l'aigle orgueilleux,
De la goutte d'eau pure au torrent qui ravage,
De l'enfant au vieillard, de la tombe au jeune âge,
Promenant tes bontés, tes dons et ton amour,
Tu voulus, ô mon Dieu, que chaque être eût son tour
Et sa part des trésors semés par ta justice.
Pour tous tu te montras également propice,
Nul ne fut oublié dans le partage égal
Des faveurs qu'épandit ton amour libéral ;
La campagne eut ses fleurs, les forêts leur silence,
Le jour son pur éclat, la nuit son ombre immense,
Le blé ses épis d'or, le soleil ses rayons,
L'insecte ses rubis, la mer ses flots profonds :
L'aigle ami de la foudre eut son regard de flamme,
Le poète sa lyre, et l'homme enfin son âme...

Son âme, pur miroir, où recevant tes traits
Il te voit, il t'adore, il comprend tes bienfaits !
Son âme que tu fis d'un rayon de toi-même,
Architecte sublime, et qu'à l'instant suprême
Tu reprends au cercueil comme un noble fleuron,
Pour éclairer ton ciel, et briller sur ton front !
Son âme...sur la mienne, ô mon Dieu, souffle encore,
Qu'elle vibre pour toi comme un échos sonore,
Remplis-la d'harmonie, et de chants, et d'amour ;
Qu'elle chante la nuit, qu'elle chante le jour,
Que du matin au soir, aux célestes cantiques,
Aux lyres de Sion, aux harpes séraphiques,
Elle mêle, Seigneur, une nouvelle voix
Pour les bienfaits infinis qu'à ta bonté je dois !...
Elève-toi, mon âme, aux voûtes éternelles !...
Sous le trône de Dieu va balancer tes ailes,
Monte, monte toujours ! au-delà du soleil !
Plus près, plus près encore de ce trône vermeil
Que tu vois ruisselant de feux et de lumière !...
Monte, monte, mon âme, à ta source première,
A Dieu... Tu le comprends, tu le vois, gloire à lui !...
De son pied tout ce ciel n'est qu'un bien faible appui !
L'espace tout entier ne saurait lui suffire,
Et l'infini, si grand qu'on puisse le décrire,
Ne saurait contenir sa droite seulement...

Un seul doigt de son pied couvre le firmament.
Il est partout, partout, et rien, rien ne l'embrasse,
Ni le vaste univers, ni les cieux, ni l'espace,
Ni l'espace, les cieux, l'univers réunis
A des milliers de cieux, de mondes, d'infinis!...
Sans le sonder, mon âme, adore le mystère,
Comprends sans expliquer la divine lumière :
Dieu t'a donné la foi, crois : tu verras plus tard.
Un jour tout deviendra visible à ton regard,
Les voils tomberont : que ce jour, ô mon âme,
Soit encor loin pour toi ! que tu sois une femme,
Toi, mon bien, mon trésor, ma gloire, mon enfant,
Lorsque viendra ce jour, ce redoutable instant
Où la mort sur mon front passant sa main crochue
Jettera devant Dieu mon âme toute nue!
Pour aller, ô moment solennel ou fatal,
Envisager de près l'auguste tribunal.
Sois une femme alors ! car, vois-tu, dans la fange
De ce monde boueux, tu te perdrais, pauvre ange,
Si ta mère éplorée et couverte de deuil,
Ma fille, par amour me suivait au cercueil,
Mère! amour! mots sacrés que tu ne peux comprendre,
Sons suaves au cœur, que tu ne peux entendre,
Toi, si petite encore, si frêle en ton berceau !
Et tu souris pourtant de ce sourire beau

Comme les premiers feux de l'aurore naissante,
Doux comme le premier baiser de son amante!
Va, tu les comprendras ces mots délicieux
Et d'amour, et de mère ! Et dans ton cœur joyeux
Ils porteront, enfant, une volupté pure
Qui te fera trouver l'existence moins dure,
Qui sèmera tes pas de parfums et de fleurs ;
Et quand tu les sauras ces mots pleins de douceurs,
Tu te plairas, ma fille, à souvent les redire;
Car tu verras ta mère accourir et sourire
Chaque fois que ce mot : ma mère ! vibrera
Dans le cœur de la femme à qui tu le diras.
Une mère!... vois-tu, c'est l'ange qui se penche
Sur l'enfant au berceau, qui dans sa bouche épanche
Goutte à goutte, et longtemps, son lait pour le nourrir;
C'est l'ange qui se plaît le soir à l'endormir;
C'est l'ange qui reçoit ses larmes quand il pleure,
Qui sourit avec lui, qui l'entoure à toute heure
De caresses, d'amour, de soins et de bonté!
Une mère! c'est tout, tendresse, volupté,
Larmes, souris, espoir, bonheur, vertu, sagesse,
Tout ce qui plait, et souffre, et console et caresse,
Tout ce qui sait ces mots si suaves au cœur.
Le ciel avec ses chants, l'ombre avec sa fraîcheur,
La nuit avec son long et paisible silence,

L'azure du firmament avec son nombre immense
D'astres et de soleils, le printemps et ses fleurs,
L'automne et ses doux fruits, la joie et ses doux pleurs.
Une mère !... Oh! ma fille, aime toujours la tienne,
Si tu veux que le ciel et t'aime et te soutienne ;
Aime la, mon enfant, car elle a bien souffert
Avant qu'aux feux du jour ton œil se fût ouvert,
Alors que dans son sein s'élaborait ton être !
Qu'elle pensait pour toi, même sans te connaître,
Pour toi, petite enfant, qu'attendait son amour,
Pour toi, qu'elle embrassait en rêve chaque jour,
Pour toi dont chaque soir dans sa prière ardente
Elle parlait à Dieu, pauvre femme tremblante
De voir périr le fruit que son flanc nourrissait,
Que déjà son amour d'avance caressait!...
Aime-la, mon enfant, ma gloire, mon idole,
Que de ses maux passés ton amour la console,
Ange, au front virginal, étoile de bonheur
Dont chaque regard touche et fait battre mon cœur,
Aime-la pour que Dieu t'exauce et te bénisse,
Pour que son bras puissant sur toi s'appesantisse
Lourd de bienfaits divins, chargé des dons heureux
Qui rendent les enfants chastes comme les cieux,
Qu'il se plaise à t'ouïr bégayer ses louanges;
Aime-la bien, enfin, pour ressembler aux anges !

II

LE PRESSENTIMENT.

(*Ballade.*)

Lorsque l'hiver fuit loin de cette plage,
Que le printemps ramène les beaux jours,
Lorsque le ciel redevient sans nuage,
Que tout bénit la saison des amours;
Pourquoi le soir seule sous l'orme antique,
A l'heure triste où le jour va finir,
Vais-je rêver pâle et mélancolique,
C'est que je dois bientôt mourir!

Déjà la brise au paisible murmure
Sème dans l'air le doux parfum des fleurs,
L'autan se tait, l'onde coule plus pure,
Tout se revêt des plus riches couleurs :
Et cependant solitaire, pensive,
Quand tout est beau, je vois tout sans plaisir,
C'est que ma vie est une eau fugitive,
C'est que je dois bientôt mourir!

Entendez-vous là-bas, sous le grand chêne,
Danser en chœur les filles du hameau ?
Jadis aussi je guidais dans la plaine
Leur troupe agile aux sons du chalumeau ?
Ah ! c'est qu'alors j'étais calme et paisible
Je ne savais ni pleurer ni souffrir ?
Et maintenant, si je suis insensible,
C'est que je dois bientôt mourir !

Naguère encore mon âme était joyeuse
Quand près d'Hoscar savourant le bonheur,
Il me disait d'une voix amoureuse :
Irma toujours régnera sur mon cœur.
Et maintenant que notre hymen s'apprête,
Avec horreur je vois mon avenir,
C'est que l'orage a soufflé sur ma tête,
C'est que je dois bientôt mourir !

Ainsi chantait une vierge innocente
Et comme un lys par l'orage incliné
Languit et meurt sur sa tige penchante,
Son jeune front tombait pâle et fané :
Bientôt après la cloche funéraire
Fesait entendre un lugubre soupir ;
Tout était calme au vallon solitaire :
La vierge venait de mourir.

III

A UN ENFANT.

Dors, enfant, d'un sommeil tranquille,
Toi, dont le cœur est pur encore,
Toi, qui sur ta couche mobile,
N'as rêvé que des rêves d'or !

Comme toi, bercé par ma mère,
Enfant, je dormais autrefois,
Et le sommeil sur ma paupière
Descendait au son de sa voix.

Mon front couronné d'innocence
Comme ton front était serein,
Comme à toi, l'ange de l'enfance
Me parlait tout bas le matin.

En vain l'orage sur ma tête
Passait mugissant de fureur,
J'étais calme dans la tempête,
J'écoutais le bruit sans horreur.

C'est que dans ma douce ignorance
Je vivais sans savoir pourquoi,
Sans prévoir qu'un jour la souffrance
Devait, hélas! fondre sur moi.

Je ne savais pas que la terre
Fût le séjour de la douleur,
Qu'ici toute joie est amère,
Tout plaisir fragile et trompeur.

Mais ces jours passèrent rapides
Comme les vagues du torrent,
Comme ces lumières timides
Qui brillent la nuit un instant.

Bientôt dans la coupe de vie
Ma bouche suça le poison,
Bientôt dans mon âme flétrie
Courut un pénible frisson.

Mes yeux, où jadis l'allégresse
Brillait des plus vives couleurs,
Eteints dès lors par la tristesse,
Apprirent à verser des pleurs.

Et je vis sous le poids des peines
Le front de l'homme s'incliner,
Et comme la feuille des chênes
Au souffle du vent se faner.

Je vis à genoux sur la pierre
Le pauvre demander du pain;
Et l'opulence à la misère
Répondre par un froid dédain.

Je vis sous les dômes du riche,
Le remords fixer son séjour,
Et dans les rangs que l'or affiche
Les maux s'entasser chaque jour.

Je vis sous l'humble toit de paille
Manquant de tout, même de pain,
L'homme, qui sans cesse travaille,
Pour l'opulent qui ne fait rien.

Je vis au milieu de la joie
La tristesse sur tous les fronts,
Et ces plaisirs où l'on se noie
Laisser des vides bien profonds.

Tu souris, enfant, ah ! ton âge
Te permet encor d'ignorer
Qu'un jour, ballotté par l'orage,
Sur cette mer tu dois errer !

Tu souris, car jamais les larmes
N'ont eu rien d'amer à tes yeux,
Car tes jours passent sans alarmes,
Purs et sereins comme les cieux.

Ah ! puisses-tu longtemps encore,
Enfant, dont le sort est si doux,
Des malheurs que ton âme ignore
Passer, sans éprouver les coups ?

Puissent les feux de la tempête
Respecter ton front si vermeil,
Ta vie être une longue fête,
Ta mort un paisible sommeil !

IV

LA VIOLETTE.

Viens avec moi, viens, jeune fille,
Si belle avec ton air naïf,
Viens avec moi sous le grand if,
Pour te rendre encor plus gentille,

Cueillir au pied de ce vallon
Un frais bouquet de fleurs nouvelles,
Que je veux, mêlé d'immortelles,
Poser moi-même sur ton front.

Vois, l'air est pur, l'oiseau soupire
Son chant d'amour à l'éternel,
L'abeille butine son miel,
Le berger chante et se retire.

C'est l'heure où le ciel est plus doux,
La fleur plus suave et plus pure,
Où le ruisseau roule et murmure
Plus mollement sur les cailloux ;

C'est l'heure où chaque être module
Dans son langage un chant pieux,
Où le soleil cède les cieux
Aux voiles fins du crépuscule ;

Viens, aux boucles de tes cheveux
Nous enlacerons quelques roses
Comme ton âme à peine écloses,
Chastes comme ton front joyeux.

Voici la blanche primevère :
Elvire, mets-là sur ton cœur ;
Brille toujours par ta candeur
Comme cette fleur passagère.

Cueille ce lys si beau, si frais,
Et souviens-toi que sa corolle
Par sa blancheur est le symbole
De l'innocence et de la paix.

Cueille aussi cette marguerite
Si belle et qui ne le sait pas ;
Comme elle, ignore tes appâs
Toujours, ô ma chère petite.

Prends, prends, ma fille, prends encor
Tant que ta corbeille soit pleine ;
Prends le bluet, la marjolaine,
Le narcisse et le bouton d'or.

Prends toutes ces fleurs symboliques
Couleur ou de neige ou d'azur ;
Leur parfum, leur éclat si pur
Convient à des fronts angéliques.

Cueilles-en bien !... Mais quelle odeur
S'exhale ici, ma chère Elvire !
Quel est cet air que je respire ?
D'où me vient-il ? de quelle fleur ?

Je la vois !... c'est la violette !
Fille modeste du vallon,
Regarde-la sous le gazon
Cacher timidement sa tête !

Regarde bien tout à l'entour !
Nulle de ses sœurs n'est si belle,
Aucune ne brille comme elle,
Et seule elle se cache au jour !

Rien qu'en touchant son front si frêle,
La brise au vol harmonieux
De son parfum délicieux
Soir et matin charge son aile,

Pour le semer sur le côteau,
Dans le vallon, dans la prairie,
Sur la colline refleurie,
Sur la fontaine et le ruisseau,

Sur la pelouse où rayonnante
De plaisir et de pureté
La vierge vient les soirs d'été
Conduire la ronde innocente,

Sur l'autel de pierre isolé,
Où le malheur à la madone
Vient présenter une couronne
Et s'en retourné consolé,

Sur le feuillage qui recouvre
La grande croix du carrefour
Pour que le voyageur du jour,
Si devant elle il se découvre,

Trouve fraîcheur et volupté,
Tandis qu'il dit à Dieu : « mon père,
« Rendez mon voyage prospère,
« Veillez sur moi, Dieu de bonté;

« Veillez sur mon pélerinage;
« Guidez mes pas dans le chemin,
« Abritez-moi sous votre main,
« Dieu, qui préservez de l'orage ! »

Et si tu veux savoir pourquoi
L'humble et timide violette
Se cache ainsi toujours seulette...
Elvire, elle accomplit sa loi.

Dieu lui dit : « Tu seras l'image
« De la douce simplicité ;
« Tu plairas moins par ta beauté
« Que par ton air modeste et sage !

« La vierge en foulant sous ses pas
« L'herbe verte de la prairie,
« Sentira ton odeur chérie...
« Mais elle ne te verra pas.

Et te prenant pour son modèle
Elle se dira : la pudeur
Doit, comme toi, timide fleur,
Se cacher pour être plus belle.

« Et je le dis en vérité,
« Enfant, pour être toujours sage,
« Pour avoir toujours en partage
« L'innocence et la pureté ; »

Pour conserver au fond de l'âme
La virginité, fraîche fleur,
Et cette sublime candeur
Qui fait un ange d'une femme,

Pour qu'on respire à tes côtés
Comme une exhalaison céleste,
Elvire, sois toujours modeste,
Fuis le monde et ses vanités,

Fuis les grandeurs, fuis la parure
Et l'éclat pompeux des palais,
Préfère-leur la douce paix
Qu'on trouve au sein de la nature,

Garde-toi surtout, pauvre enfant,
D'échanger des regards frivoles,
D'écouter de douces paroles
Qui te tueraient en un instant !

Mais ta corbeille est déjà pleine,
Et l'ombre descend du côteau
Enveloppant d'un noir réseau
Le mont, la colline, et la plaine;

Viens, ta mère attend ton retour;
Viens, elle serait inquiète :
Viens, mais pense à la violette
Au moins une fois chaque jour !

V

A DES ENFANS,

SUR LA TOMBE D'UNE JEUNE COMPAGNE.

Oh ! qui l'aurait pensé, lorsque naguère encore
Joyeuse on la voyait se confondre à vos jeux,
Qu'elle s'effacerait comme un lys que dévore
L'ouragan furieux !

Vous ne l'eussiez pas cru, mes enfans, qu'à cet âge
On pût déjà toucher aux portes du tombeau,
Qu'un front de quatorze ans pût redouter l'orage :
A quatorze ans le ciel est si pur et si beau !

Et pourtant elle est morte ? et pourtant sur sa bouche
Le trépas a brisé la coupe de ses jours,
Et pour désormais sur cette froide couche
La voilà pour toujours !

Toujours!... et quand la nuit, enfans, sa pauvre mère
L'appellera tout haut dans ses rêves!... hélas!
Rien ne répondra plus à cette voix si chère :
Sa fille n'ira plus se jeter dans ses bras!

Mourir! c'est le destin; mais mourir, quand la vie
S'offre aux regards charmés si pleine de douceurs!
Mais partir le matin! mais quitter la prairie
Les mains vides de fleurs!

Mais laisser une mère au milieu de la route
Sans pouvoir partager le poids de ses tourmens,
Sans pouvoir plus jamais l'enivrer goutte à goutte
De doux embrassemens!

Voilà ce que la mort, enfans, a de terrible,
Voilà pourquoi sans doute elle a bien dû souffrir,
Et pourquoi vous devez à son ombre sensible
Une larme, un soupir!

Pleurez-la, vous enfans, comme elle sœurs des anges,
Arrosez son tombeau de larmes et de fleurs;
Pleurez-la, du milieu des célestes phalanges
Elle entendra vos pleurs.

Oui pleurez, mes enfans, pleurez bien, que vos larmes
S'élèvent jusquau ciel comme un encens pieux ;
Vos soupirs, vos sanglots pour elle auront des charmes;
Ange, elle veillera sur vous du haut des cieux.

Et toi, qui ne dois plus saluer la lumière,
Toi, qui dors pour jamais d'un sommeil si profond,
Toi, qui ne m'entends plus, enfant, que cette terre
Pèse légère sur ton front !

Sois heureuse là-haut près de ta sœur Julie!
Mais ensemble priez le Dieu qui fortifie
D'avoir compassion d'une femme à genoux !
Car cette femme hélas! qui maudit la lumière,
Qui pleure et qui gémit! elle fut votre mère,
Anges, quand vous étiez encore parmi nous.

Et maintenant adieu... chère enfant... Augustine!...
Adieu... jusques au jour où la bonté divine
Nous appelant à lui,
D'autres aussi viendront entourer une tombe,
Et pleurer sur celui qui souffrit et qui tombe,
Comme nous, pauvre enfant, nous venons aujourd'ui.

VI

DIALOGUE

POUR UNE DISTRIBUTION DE PRIX.

Le voici donc, amis, ce jour si glorieux
Qu'appelaient dès longtemps vos désirs et vos vœux,
Le voici ce moment où brillant de jeunesse,
Saturés de plaisir, et de gloire, et d'ivresse,
Vous allez, recevant le prix de vos efforts,
Du bonheur le plus pur éprouver les transports !
Regardez, mes amis; tout vous parle de gloire.
Ces couronnes, ces fleurs, des mains de la victoire
Sur vos fronts rayonnants s'en vont bientôt passer !
Vos mères sur leur sein brûlent de vous presser,
Vos amis rassemblés, attendant en silence,
Sont là pour embellir vos jeux de leur présence,
Et vos maîtres d'un œil où se peint le bonheur
Au public attentif désignent le vainqueur.
Le vainqueur! N'est-ce pas qu'à ce mot plein de charme

Vous sentez dans vos yeux rouler de douces larmes!
N'est-ce pas qu'à ce nom, à ce titre divin
Votre cœur a battu plus fort dans votre sein?
Ah ! C'estque,voyez-vous,rien n'estbeau sur la terre
Comme de triompher sous les yeux d'une mère!
De la voir,respirant à peine de plaisiré
Aux succès de son fils elle-même applaudir ,
L'animer du regard, l'encourager du geste,
Lui sourire de loin d'un sourire céleste;
Et tout couvert enfin de lauriers éclatans,
De venir s'enivrer de ses embrassemens!
Enfans, de ce bonheur vous jouissez d'avance!
Je vois sur tous vos traits rayonner l'espérance,
Vous brûlez de courir, triomphateurs heureux,
Dans les bras maternels vous jeter tout joyeux,
Et vous ne doutez pas que dans ce jour de fête
Où la gloire bientôt va ceindre votre tête,
Il se puisse trouver de cœur qui mieux que vous
Ressente du bonheur les élans les plus doux.
Il en est cependant peut-être dont l'ivresse
Egale au moins,je crois,vos transports d'allégresse,
Et je ne saurais trop dire quel est celui
Du maître de l'enfant, de la mère, ou de lui,
Qui dans cette journée illustre, solennelle,
Où l'élève attentif est payé de son zèle,

Eprouve plus joyeux les élans du plaisir,
Et sent plus vivement son âme tressaillir.
Sans doute de l'enfant la joie est grande, entière,
Si l'on peut être heureux, oh ! il l'est, mais sa mère ?..
Pensez-vous que ce cœur si bon, si plein d'amour,
Ressente moins que lui de joie en ce beau jour ?
Et le maître ? peut-il, lui, dont la vigilance
A l'amour du travail le forma dès l'enfance,
Peut-il sans que la joie entre au fond de son cœur,
De la mère et du fils contempler le bonheur ?
Non, mes amis, tous trois dans ce moment de gloire
S'enivrent de bonheur et goûtent la victoire :
Tous d'un plaisir bien pur s'abreuvent à la fois :
Mais je ne sais lequel l'éprouve mieux des trois.
Vous donc, si vous pouvez, pour éclaircir ce doute,
Dites quel est le plus heureux ; je vous écoute.

VICTOR.

Je ne sais si je dois me fier à mon cœur ;
Mais l'enfant, ce me semble, a le plus de bonheur.
Rien ne peut égaler sa douce jouissance ;
Du bonheur le plus pur il savoure l'essence.
Son front brille enflammé d'un éclat radieux,
Sur la foule avec joie il promène ses yeux

Il entend à son nom prodiguer les louanges,
Il est heureux ! heureux ! presqu'à l'égal des anges.
Et comment, en effet, ne le serait-il pas ?
Ces fleurs, qui pour l'enfance ont de si doux appas,
C'est pour lui qu'elles sont ! cette belle couronne
C'est à lui que son maître souriant la donne !
Ces flots d'admirateurs, ces parens, ces amis,
C'est pour le couronner, qu'ils sont là réunis !
Ces instrumens nombreux ; c'est pour grandir sa gloire
Qu'ils entonnent bruyans l'hymne de la victoire !
Et ces prix qu'il rêvait dans ses songes heureux,
Dont l'espoir lui fesait abandonner les jeux,
Pour aller loin du bruit au sein de la retraite
D'un pénible travail se créer une fête !
Et ces palmes surtout, et ces lauriers pompeux,
Qui d'un enfant si bien ombragent les cheveux,
Et ces livres chéris, qu'un jour dans sa vieillesse
Comme un doux souvenir il montrera sans cesse,
Il les possède enfin, il les tient sur son cœur,
Il les baise, en versant des larmes de bonheur :
Et sa mère ! il la voit joyeuse, triomphante,
Et c'est lui, c'est lui seul qui la rend si contente ;
Bonheur de plus pour lui, car le bonheur d'un fils,
C'est d'en faire éprouver à des parens chéris !
Comme avec joie aussi dans ses bras il s'élance !

Voyez, pour s'exprimer il n'a que le silence !
Il ne saurait parler, non : un si grand bonheur
Ne peut se peindre. Il faut le sentir dans son cœur.
Va, va, jouis, enfant, sur le sein de ta mère !
Charge de tes baisers cette bouche si chère,
Enivre-toi des siens !... que ses embrassemens
D'un délire inéfable enflamment tous tes sens !
Non, non, ne retiens point tes transports d'allégresse,
Heureux vainqueur, fais-nous partager ton ivresse,
Montre-nous tous ces prix que tu viens de cueillir,
Lève ce front si pur, si brillant de plaisir !
Il pleure ! que ses pleurs doivent avoir de charmes !
Comme nous voudrions tous les répandre ces larmes !
Oh ! c'est que, voyez-vous, dans ce jour solennel,
Ce qu'on éprouve, amis, c'est un bonheur du ciel ;
C'est plus doux mille fois que la fleur la plus douce,
C'est plus pur que le flot qui roule sur la mousse,
C'est bien plus séduisant que ces lauriers pompeux
Qu'amassent en courant des guerriers généreux,
C'est un charme, un bonheur, une ivresse, un délire,
C'est une chose enfin que je ne puis décrire !
Car il faut le sentir, il faut, quand ce beau jour,
Après dix mois de peine est enfin de retour,
Il faut, pour bien goûter le bonheur de la gloire,
Etre là, tout chargé des prix de la victoire ;

Il faut voir sur son front les lauriers s'entasser,
Voir sa mère en tremblant sur son cœur vous presser,
Entendre votre nom répété par la foule,
Ce murmure enchanteur qui circule, et qui roule,
Ces battemens de mains, ce bruit approbateur
Dont toujours le public accueille le vainqueur.
N'en doutons pas, amis, dans ce moment d'ivresse,
Rien ne peut de l'enfant égaler l'allégresse.
Sans doute que le maître est bien joyeux aussi !
D'un bonheur indicible il doit être saisi !
Et je suis bien certain que le cœur de la mère,
Ce cœur que Dieu forma si tendre, si sincère,
Doit palpiter bien fort dans cet heureux instant
Où tous les yeux fixés contemplent son enfant !
Mais l'enfant? oh! pour lui c'est un bonheur suprême,
Il vient de rendre heureux tous ceux que son cœur aime
Ses parens, ses amis, et sa mère surtout;
Sa mère, dont l'amour vaut pour lui plus que tout,
Sa mère qu'il chérit comme on chérit la vie,
Cette mère qu'il aime avec idolâtrie,
Il a fait son bonheur ! or, le bonheur du fils
N'est-il pas le plus grand ? pour moi, c'est mon avis.

ERNEST.

Très bien! mais cependant tu te trompes peut-être,
Le plus heureux, je crois, cher Victor, c'est le maître,
Et quelque grand que soit le bonheur de l'enfant,
Quelque soit le plaisir qu'en son cœur il ressent,
Le maître, selon moi, doit jouir davantage,
Le bonheur de l'enfant n'est-il pas son ouvrage?
N'est-ce pas à lui seul, à ses soins paternels
Que l'enfant doit toujours ses lauriers immortels?
N'est-ce pas lui, dis-moi, qui forma son enfance?
Lui qui développa sa jeune intelligence?
Lui qui mit dans son cœur le germe des vertus,
Lui qui par ses leçons, ses travaux assidus,
De l'élève charmant la triste solitude,
Sut lui faire chérir le travail et l'étude?
Et lorsque maintenant sur son front radieux
Viennent briller, enfin, ces lauriers glorieux,
Lorsque d'un long murmure accueillant sa présence,
Tout le monde sourit au vainqueur qui s'avance,
Lorsque le bruit des voix, le son des instrumens,
Les bravos répétés, les applaudissemens,
De l'enfant studieux proclament la victoire,
Et le couvrent d'honneur, d'harmonie et de gloire,

Non, quoique son bonheur, mes amis, soit bien grand,
Il ne peut éprouver ce que son maître sent.
Le maître ? il est heureux plus qu'on ne peut le dire,
Il voit avec amour l'élève lui sourire,
Il le voit tout tremblant, triomphateur heureux,
Dans les bras maternels s'élancer tout joyeux,
Et tous deux il les voit confondant leur ivresse
Mêler à leurs baisers des larmes de tendresse ;
Regardez cette mère !.. Oh ! comme en ce bèau jour
Elle sent pour son fils redoubler son amour !
Comme il bat fort son cœur ! comme sur son visage
Rayonne du bonheur l'éclatant témoignage !
Comme ils sont doux, amis, les regards de ses yeux !
Le plaisir qu'elle éprouve est un plaisir des cieux ;
Et l'enfant ! voyez-le sur le sein de sa mère
Là, mes amis, sa joie est parfaite, est entière !
Il sent, je ne sais quoi qu'on ne peut définir,
Il est tout abîmé dans l'excès du plaisir.
Tout ce qu'on peut goûter de bonheur sur la terre
Il le possède, amis, dans les bras de sa mère,
Mais le maître ! il jouit encor plus que l'enfant ;
Car ce bonheur si pur que l'élève ressent,
Cette mer de plaisir où son âme se noie,
Ce doux enivrement, ce délire de joie,
C'est à lui qu'il le doit, c'est lui dont les travaux

L'ont rendu triomphant de ses nombreux rivaux!
C'est par lui que l'enfant au premier rang s'élève,
Et c'est lui qu'on couronne enfin dans son élève!
Oui, Victor, lorsqu'il vient ce moment glorieux
Si longtemps désiré par l'enfant studieux,
Lorsque tombent enfin des mains de la victoire
Sur le front du vainqueur les palmes de la gloire,
Lorsque la mère est là tremblante de plaisir,
Le maître plus que tous sent son âme bondir.
Il est charmé, ravi, transporté d'allégresse;
Ce qu'il éprouve alors c'est plus que de l'ivresse!
De la mère et du fils il voit tout le bonheur,
Et ce bonheur, Victor, est aussi dans son cœur,
Il le sent tout entier puisqu'il est son ouvrage.
Or n'est-il pas celui qui jouit davantage?
Oui, c'est lui! rendre heureux une mère, un enfant,
N'est-ce pas, mes amis, le bonheur le plus grand?

EMILE.

Vous venez, mes amis, de parler sans contrainte:
Dans vos discours touchans j'ai vu votre âme peinte;
Vous aviez, je le crois, consulté votre cœur,
Quand du maître et du fils exprimant le bonheur,
Vous nous avez si bien fait connaître la joie
Dont s'enivre le maître, où l'élève se noie.

Mais puisqu'il faut aussi que je parle à mon tour,
Je vais, ainsi que vous, m'expliquer sans détour.
Non, ne le croyez pas, dans ce beau jour de fête,
Où la victoire vient planer sur notre tête,
Non, ce n'est pas l'enfant vainqueur de ses rivaux,
Non, ce n'est pas celui qui guida ses travaux,
Dont l'âme éprouve alors la plus vive allégresse.
Le cœur, le plus heureux, le plus rempli d'ivresse,
Le cœur, qui bat le plus, transporté de plaisir,
Le cœur dont le bonheur ne peut se définir,
Le cœur enfin, amis, dont la joie est entière,
Ce cœur, n'en doutez pas, c'est celui de la mère !
Sans doute quand son nom au bruit des instrumens
Retentit au milieu des applaudissemens,
Lorsque le front paré de palmes immortelles
Il s'avance étalant ses couronnes si belles,
Lorqu'il voit ses parens, ses frères, ses amis
Partager son triomphe et sourire à ses prix,
L'enfant est bienheureux, je le sais ! mais sa mère !..
Ah ! son bonheur n'est pas un bonheur de la terre;
C'est plus pur mille fois que le parfum des fleurs,
Plus doux que du soleil les rayons bienfaiteurs,
C'est plus que du bonheur, c'est plus que du délire:
C'est un ravissement impossible à décrire.
Pour bien se figurer ce que son cœur ressent

Il faut la voir, amis, dans cet heureux instant,
Il faut, alors qu'enfin aux regards de la foule
Des noms victorieux la liste se déroule,
Il faut la voir, les yeux fixés sur son enfant,
Chercher dans ses regards le bonheur qu'elle attend:
Il faut, il faut la voir au milieu du silence
Tremblante de plaisir, de crainte, d'espérance,
D'un sourire angélique encourageant son fils,
Lui montrer ces lauriers, ces couronnes, ces prix !
Lui demander de l'œil si, ces fleurs de la gloire ,
Il doit les recevoir des mains de la victoire,
Si son cœur maternel peut vibrer de plaisir,
Si d'amour, de bonheur elle peut tressaillir,
Et si, bientôt le ciel exauçant ses prières,
Elle doit être heureuse entre toutes les mères.
Mais les noms des vainqueurs viennent de retentir.
Dieu ! c'est lui ! c'est son fils qu'elle entend applaudir!
Voyez-la maintenant ! oh ! comme elle est heureuse!
Des succès de son fils comme elle est orgueilleuse!
Comme elle brûle, amis, de presser sur son cœur
Et de baiser ce front éblouissant d'honneur !...
Va, cours, élance-toi dans les bras de ta mère,
Enfant ! présente-lui cette tête si chère !
Remets entre ses mains ces lauriers glorieux,
Ce lauriers qui fesaient l'objet de tous ses vœux !

Sur ton front qu'elle-même attache la couronne !
C'est un bonheur de plus, ami, que tu lui donnes !
N'est-ce pas que sa main tremble en la déposant !
Oh! c'est que, voyez-vous, son bonheur est trop grand!
C'est qu'elle éprouve là trop d'amour, trop d'ivresse,
C'est que son cœur trop plein regorge d'allégresse,
C'est que jamais, enfans, jamais comme aujourd'hui,
Un soleil si brillant à ses yeux n'avait lui!
Et bien ne cache point ton bienheureux délire,
Mère ; à tes doux transports tu nous vois tous sourire !
Ce que ton cœur ressent fais-nous-le partager !
Aucun à son bonheur ne peut être étranger :
Chacun de nous aussi n'a-t-il pas une mère
Qui dans ce jour heureux, comme toi, serait fière
De voir son fils tremblant sous le poids des lauriers
Couvrir son jeune front des palmes des guerriers.
Montre-nous tout l'excès de sa béatitude !....
Et vous aurez, amis, la douce certitude
Qu'au jour où le mérite obtient enfin son prix,
Le bonheur le plus grand n'est pas celui du fils ;
Que le maître n'a point cette joie indicible
Qui fait bondir le cœur d'une mère sensible ;
Et vous confesserez sans peine, je le crois,
Que la mère en ce jour jouit le plus des trois.

JULES.

A vos discours brûlans de l'ardeur la plus vive
J'ai prêté, mes amis, une oreille attentive.
Vous aviez, tous les trois, consulté votre cœur,
Lorsque vous avez peint, vous, Victor, le bonheur,
Qui comme un feu divin, comme une douce flamme,
De l'élève vainqueur échauffe, embrâse l'âme :
Vous, Ernest, le plaisir dont ce moment heureux
Fait palpiter le cœur du maître généreux ;
Et vous, Emile, enfin, cette vive allégresse,
Ce doux ravissement, cette charmante ivresse,
Dont s'abreuve la mère alors que de son fils
Elle compte les fleurs, les couronnes, les prix.
Mais je ne puis, amis, juger votre querelle.
Car dans cette journée illustre, solennelle,
Tous les trois et le maître, et la mère, et l'enfant
Eprouvent le bonheur le plus pur, le plus grand.
Mais il est temps enfin de garder le silence :
Voyez comme la foule avec impatience
Attend que le vainqueur se présente à ses yeux ;
Et vous-mêmes, enfans, vous brûlez d'être heureux !
Il vous tarde d'aller, héros de cette fête,
Des marques du triomphe ombrager votre tête ?

Je ne vous retiens plus : Courez, heureux enfans,
Moissonner vos lauriers aux yeux de vos parens !
Allez vous enivrer de leurs baisers de flamme !
De ce bonheur si pur inondez bien votre âme !...
Car il n'est rien, enfans, de si doux sous le ciel
Qu'un regard d'un ami, qu'un baiser maternel.

VII

AUX MANES D'UN AMI.

Mon esprit altéré dans l'ombre de la tombe
va boire un peu de foi, d'espérance et d'amour.
V. HUGO. *Les Ray... et les Ombres.*

Toi, que je vis mourir comme un son de la lyre,
Toi, qui devais avoir un si bel avenir,
Toi, dont je recueillis et le dernier sourire,
Et le dernier soupir ;

Oh! dis-moi, m'entends-tu, lorsque sur cette pierre,
Seul avec le silence à l'heure où le jour fuit,
Pour te parler, ami, comme une ombre légère
Je viens ici la nuit !

M'entends-tu, quand penché sur ta tombe où je prie,
Je demande au Seigneur d'être clément pour toi,
A toi, de soutenir mes pas dans cette vie,
Et de veiller sur moi !

M'entends-tu, quand le cœur brisé par la souffrance,
Et le front incliné sous le poids des tourmens,
Je viens t'entretenir de ce bonheur immense
Que j'ignore et j'attends ?

M'entends-tu, quand le soir l'airain qui se balance,
Tinte ses sons pieux par l'espace effacés ;
M'entends-tu te parler tout bas de notre enfance,
De nos beaux jours passés ?

Et lorsque dévoré de désir et de doute,
Seul je m'en viens rêver dans ce séjour d'effroi,
Dis, de ta tombe, Hector, ma voix perçant la voûte.
Arrive-t-elle à toi ?

Ah ! si dans le cercueil on est encore sensible,
S'il est vrai que du ciel on voit tout ici-bas,
Si du juste la mort n'est qu'un sommeil paisible
Dans les bras du trépas;

Si ton âme parfois un instant réveillée
Aux plaintes d'un ami peut encor s'attendrir,
Si tu m'entends la nuit, pensif sous la feuillée
Soupirer et gémir,

Réponds-moi, cher Hector, pour consoler mon âme,
Pour éteindre en mon cœur ces brasiers dévorans,
Ces tourbillons de feux, cet océan de flamme
Qui consument mes sens !

Réponds-moi, pour qu'enfin et je crois et j'espère,
Pour que mon front brûlant ne soit plus nébuleux ;...
Dis-moi si l'exilé qui souffre sur la terre
Doit un jour être heureux !

Dis-moi s'il est là-haut une bonté sublime,
Qui regarde en pitié celui qui sait souffrir,
Qui prépare à celui que le malheur opprime,
Un trône de saphir !

Dis-moi, s'il est un être équitable, suprême,
Roi, devant qui les rois sont forcés de frémir,
Qui pardonne au malheur un moment de blasphème,
Content du repentir !

Dis-moi... mais d'où vient donc que ta tombe s'agite ?
Oh ! pardonne, pardonne, Hector ! j'ai blasphémé ;
Oui, je t'entends parler à ce cœur qui palpite,
Toi que j'ai tant aimé !

Ah ! tu me dis, Hector, qu'ici-bas tout s'efface,
Tout chancelle, tout meurt, tout tombe, tout périt;
Et que l'homme est lui-même un voyagenr qui passe
Comme un éclair la nuit.

Tu me dis qu'élevé par-dessus les orages
D'où son œil d'un regard mesure l'univers,
Il est un Dieu, qui lit dans les âmes des sages,
Dans les cœurs des pervers.

Eh bien ! gloire à ce Dieu, qu'adore la nature,
Qui donne leur pâture aux petits des oiseaux,
Aux fleurs leur doux parfum, aux arbres leur verdure,
Aux fontaines leurs eaux !

Gloire à Dieu, dont chaque œuvre est pour nous un mystère,
Dont la main sut fixer les bords de l'océan,
Qui, d'un soufle de vie anima la matière,
Qui fit tout du néant !

Gloire à Dieu qui nous fit à sa vivante image !
Qui fit l'eau pour couler, l'ouragan pour mugir,
La brise pour bercer mollement le feuillage,
L'homme pour le bénir ! ! !

VIII

DIEU.

A M. DE LAMARTINE.

Si mes forces pouvaient seconder mon délire,
Si, comme toi, j'étais une brillante lyre,
Si j'osais sur tes pas m'élancer jusqu'aux cieux,
Si je savais, porté sur des ailes de flamme,
M'élever avec toi pour suivre de ton âme
Le vol mystérieux;

Si j'avais ton génie et ton cœur, Lamartine,
Si je sentais en moi cette lave divine
Qui bouillonne en ton sein,
Si mes chants n'étaient pas dépouillés d'harmonie,
Si j'osais espérer qu'une lyre endormie
S'éveillât sous ma main,

Volant à tes côtés sur l'aile des nuages,
J'irais, j'irais, planant au-dessus des orages,
Enivrer mes régards des célestes beautés ;
Et comme toi, noyé dans des flots de lumière,
Près du trône éternel inonder ma paupière
D'immortelles clartés !

Comme un son que l'écho roule de cime en cime
Ma voix retentirait éclatante, sublime,
Pour te chanter, Seigneur ;
Et du matin au soir, et du soir à l'aurore,
Tu n'entendrais, mon Dieu, sur ma harpe sonore
Qu'un hymne à ta grandeur !

Car mon âme a compris ton âme, Lamartine :
Quoique bien jeune encor, sur mon front qui s'incline,
Plus d'une fois déjà le malheur s'est assis ;
Et j'ai vu qu'il n'est point de bonheur sur la terre,
Que ce monde n'était qu'une vallée amère
De larmes et de cris.

De mes beaux jours éteints regrettant la lumière,
J'ai voulu bien souvent reporter en arrière
Un regard douloureux ;
Et j'ai trouvé qu'au sein même de l'opulence

Il reste au fond du cœur un vide large, immense;
Que l'on n'est point heureux !

Heureux ! celui-là seul l'est, mon Dieu, qui t'adore,
Qui toujours devant toi s'humilie et t'implore,
Qui baise avec amour le pied de tes autels,
Qui prononce ton nom chaque jour, à chaque heure,
Qui s'élance vers toi, comme l'enfant qui pleure,
Vers les bras maternels.

Oui, dans ce monde où tout passe,
Où nous naissons pour mourir,
Où tout s'use, tout s'efface,
Où nous vivons pour souffrir,
Si malgré notre misère,
Une larme moins amère
Roule parfois dans nos yeux ;
Si sur notre âme flétrie
Le fardeau lourd de la vie
Pèse d'un poids moins affreux;

Si, lorsque sous la souffrance
Notre front tombe abattu,
Un rayon de l'espérance
Ranime notre vertu,

Si rongés par la tristesse,
Nous ne pleurons pas sans cesse,
Enfans nés pour les douleurs.
Dans nos peines, dans nos larmes
Si nous trouvons quelques charmes,
Si même ils sont doux nos pleurs,

C'est que la foi, seigneur, comme un rayon de flamme
A pénétré nos cœurs, et consolé notre âme,
Que nous croyons à toi, suprême vérité,
A toi, Dieu trois fois saint, Dieu d'amour, de bonté,
A toi, principe et fin de tout ce qui respire,
A toi, que la brise soupire,
A toi, que célèbre le jour,
A toi, que la nuit adore,
A toi, que bénit l'aurore,
A toi, que le flot sonore
Murmure en suivant son cours.

C'est que tu n'as jamais prodigué les souffrances,
Mon Dieu, qu'à tes élus;
Que ton amour promet le plus de jouissances
A ceux qui souffriront le plus.

Et moi, seigneur, je suis altéré de tortures,
J'ai soif de tourmens et de pleurs,
J'ai besoin, ô mon Dieu, des plus grandes douleurs,
Pour me laver de mes souillures,
Pour me blanchir de mes erreurs.

Mais tu m'as entendu : de ton brûlant tonnerre,
Mon Dieu, tu m'as frappé le cœur,
Jouet vivant de ta colère,
Je pâlis desséché comme une tendre fleur.

Eh bien ! Je te bénis ! car je vois que tu m'aimes !
Car tu daignes, enfin, jeter les yeux sur moi !...
Tu m'as brisé, seigneur, dans ta fureur extrême,
Je souffre, tu m'as vu ; c'est assez ; gloire à toi !

Oui, gloire à toi, mon Dieu ! soit que l'astre du monde
Brille pour moi des plus doux feux,
Soit que du haut du ciel la tempête qui gronde
Menace mon front nébuleux ;

Soit que rempli par toi de la plus pure ivresse
J'attende en paix chaque matin,
Ou qu'un mal dévorant et toujours et sans cesse
Me déchire le sein ;

Soit enfin, ô mon Dieu, qu'au gré de ta justice
Tu m'accables d'ennui, de peine ou de bonheur,
Que ton bras tout puissant sur moi s'appesantisse,
Ou que tu consoles mon cœur,

Que je me jette, hélas! désolé sur ma couche,,
Ou qu'un sommeil heureux vienne planer sur moi!..
Tu n'entendras, seigneur, retentir dans ma bouche
Qu'un seul cri : gloire à toi!

IX

PENDANT LA NUIT

> Libera me quia egenus
> et pauper ego sum.
> *Psaume* 138.

Que je t'aime, étoile amoureuse,
Quand sur mon front chargé d'ennuis,
De ta lueur mystérieuse
Tu sèmes les pâles débris!

Comme toi, rêveur, solitaire,
J'aime le calme de la nuit,
Mon cœur dégagé de la terre
Se plait à gémir loin du bruit.

Dégoûté d'un monde où tout passe,
Là, seul avec mes souvenirs,
Quand le jour pâlit et s'efface,
Je me nourris de mes soupirs.

3

Je pense à toi, douce demeure,
Brillant séjour des bienheureux...
Sonne vite, ô ma dernière heure,
Que je m'envole vers les cieux !

De mes jours déliant la trame,
O mort, mon unique désir,
Sur ton aîle emporte mon âme...
Mon âme est lasse de souffrir.

Assez dans la coupe de ma vie
Ma bouche a sucé la douleur,
Assez longtemps j'ai vu l'envie
Se réjouir de mon malheur.

Et pourquoi tiendrais-je à la terre !
Et qu'est-ce donc qu'un jour de plus ?
Rien ! quelques heures de misère,
De pleurs, de regrets superflus !

Traîner sa pénible existence
Sur la foi d'un vague avenir,
Passer de souffrance en souffrance,
Errer de désir en désir,

Craindre partout la main du crime,
Redouter même le plaisir,
Pencher sans cesse vers l'abîme,
Est-ce donc vivre? ah! c'est mourir.

O nuit! que ton ombre m'est douce,
Que j'aime, à l'heure du repos,
Quand la lune dort sur la mousse,
A rêver parmi les tombeaux!

Plus doux qu'un regard d'une amante,
Si l'espoir alors me sourit,
Si mon âme triste et tremblante
Un instant s'éveille et bondit,

De la lune qui se balance,
Si j'aime les feux pâlissans,
Si des froids tombeaux le silence
De plaisir enivre mes sens,

C'est que des nuits l'ombre paisible
Convient, hélas! à ma douleur,
C'est que mon âme trop sensible
Se plaît au milieu de l'horreur!

C'est que dans ta douce lumière,
O lune, il me semble entrevoir
Briller la torche funéraire...
Et mon cœur palpite d'espoir.

Salut! astre ami des souffrances,
Salut à toi, je te bénis,
A l'horizon quand tu t'élances,
Mon front est moins chargé d'ennuis.

Mes doigts sur la harpe sonore
Se promènent languissamment.
Ta douce clarté, que j'adore,
M'inspire un accord plus touchant.

Je chante, et l'écho pacifique
Répète mon hymne d'amour,
Et mon âme mélancolique
S'élève au céleste séjour.

Mais déjà la brillante aurore
Vient d'ouvrir les portes du jour;
Adieu, bel astre, que j'adore,
Je vais attendre ton retour.

X

POUR LES PAUVRES.

Entendez-vous là bas l'orchestre qui résonne?
Voyez-vous aux clartés du lustre qui rayonne,
Sous le pied des danseurs le parquet rebondir!
Voyez-vous comme là tout est plaisir, ivresse,
Comme roule et frémit la walse enchanteresse,
Comme l'on sait jouir.

L'archet vient de vibrer. Voyez tous ces quadrilles,
Tous ces joyeux essaims de belles jeunes filles
Se confondre, se fuir, tourbillonner, voler!
Le son des instrumens guide leurs pas rapides,
Et le plaisir sourit dans leurs regards avides
Que l'amour fait briller.

Ah! tandis qu'inondés de longs flots de lumière,
Dans leurs salons dorés leur âme toute entière

Ne respire que joie, ivresse, volupté;
Tandis que de leurs chants les plafonds retentissent,
Qu'ils s'agitent heureux, que leurs voûtes frémissent
Du bruit de leur gaîté,

Tandis qu'éblouissans d'une riche parure,
Tout couverts de parfums, suivis d'un long murmure,
Ils marchent étalant leurs superbes joyaux;
Tandis qu'insoucieux du temps qui s'évapore
Des fureurs de l'orgie ils se roulent encore
Aux rayons des flambeaux;

Ils ne se doutent point qu'au seuil de leur demeure,
Il se trouve peut-être une mère qui pleure,
Une mère à genoux qui demande du pain;
Ils ne se doutent point au sein de l'opulence,
Qu'autour de leurs châteaux erre une foule immense
Que dévore la faim.

Et pourtant ils sont là, les pauvres, sur la pierre,
Sans qu'une oreille amie écoute leur prière;
Sans qu'une voix jamais leur dise d'espérer;
Sans qu'une main leur jette un peu de pain pour vivre,
Un haillon pour couvrir leurs membres que le givre
Commence à dévorer!

Regardez! ils sont là, passant sous vos fenêtres,
Comme une vision, comme ces pâles spectres,
Qu'on aperçoit la nuit errant sur les tombeaux!...
Voyez! d'un œil d'envie ils regardent vos fêtes,
Ils semblent sur vos fronts appeler les tempêtes,
Conjurer tous les maux.

Ah! si vous m'en croyez, riches, heureux du monde
Lorsque le superflu sur vos tables abonde,
Lorsque vous avez bu la coupe du plaisir,
Non, ne repoussez pas l'orphelin qui soupire,
Faites l'aumône au pauvre afin qu'il puisse dire
A Dieu de vous bénir.

Donnez, pour que la vie ait pour vous plus de charmes,
Afin que votre nom fasse couler des larmes,
Afin que le seigneur écoute tous vos vœux;
Pour que le mendiant vous nomme en sa prière,
Pour que le malheureux d'un œil plein de colère
Ne fixe plus vos jeux?

Donnez : car c'est prier que de faire l'aumône,
Donnez, si vous voulez que le ciel vous pardonne,
Si vous voulez fléchir les traits de son courroux;
Donnez, pour que vos jours passent sans maladies,

Que vos fruits soient féconds, vos vignes bien fleuries,
Vos enfans bons et doux.

Donnez, pour que la mort soit pour vous moins horrible
Pour qu'au jour redouté, Dieu, ce juge terrible,
Puisse trouver en vous une vertu de plus ;
Donnez, pour que votre âme en quittant cette terre,
Contemplant sans terreur le maitre du tonnerre,
Vive avec les élus !

XI

UNE PRIERE

A M. DESTIGNY DE CAEN.

Vous avez entendu, Seigneur, les outrages dont ils m'accablent, et vous connaissez tous leurs mauvais desseins contre moi;

Vous avez ouï les paroles de ceux qui m'insultent, et ce qu'ils méditent contre moi pendant tout le jour ne vous est pas caché.

Considérez-les dans le repos ou dans l'action, et vous trouverez que je suis sans cesse l'objet de leurs railleries.

Mais, Seigneur, vous leur rendrez ce qu'ils méritent, et vous les traiterez suivant leurs œuvres.

Jérusalem, Jérusalem, retournez au Seigneur votre Dieu.

JÉRÉMIE.

Poète au noble cœur, j'ai lu tes vers magiques,
Je me suis inspiré de tes chants prophétiques,
Puis sondant, comme toi, cet abîme sans fin
Où le mal sous son pied presse le genre humain,
J'ai frisonné d'horreur; et cette même flamme
Qui dévore ton cœur, qui bouillonne en ton âme,
A fait naître en mon sein une juste fureur.
J'ai regardé la terre, et j'ai crié : malheur !...
Oui, malheur, Destigny, car le crime l'emporte,

Malheur ! car la vertu ne trouve plus de porte
Qui s'ouvre toute grande aux accens de sa voix.
Malheur ! l'iniquité dicte seule nos lois :
Malheur ! car sous le pied des hautes infamies
Tout pantèle ici-bas, sans que des voix amies
Osent ouvertement faire entendre un son pur !
N'est-il pas là béant, humide, sombre, obscur,
Tombeau toujours ouvert, le cachot où le vice
Sait enfouir l'honneur, étouffer la justice ?
Et tout courbe le front devant le dieu du mal !...
N'importe ! osons frapper son vaste piédestal !
O toi, surtout, ô toi dont la voix si puissante
Fait vibrer de bonheur toute âme bien pensante,
Au fond de ses réduits console la vertu ;
Flétris l'iniquité devant tous mise à nu,
Et, soutien du plus faible, ose avec énergie
Sur la face du fort écrire l'infamie !
Courage, Destigny ! ne te rebute pas !
Le monde écoute encor les coups que tu frappas !
D'épouvante et d'horreur, l'oppresseur en frissonne !
Le crime en est encor tremblant sous sa couronne !
Reprends ton aiguillon, lance ta Némésis !...
Le malheur a besoin de tes chants, de tes cris !...
Et moi, moi, faible enfant, qu'inspira ton délire,
J'ai voulu premener mes doigts sur une lyre,

Les cordes de mon luth n'ont vibré que des pleurs,
Tant mes yeux ici-bas découvraient de douleurs !...
Et mes chants n'ont été qu'une longue prière
Pour demander au Dieu qui sema la lumière,
De souffler sur ce monde, afin que l'équité
Y règne avec l'honneur, les lois, la liberté.

Oh ! lorsque suspendu comme une lampe aux cieux
Et versant en tremblant ses rayons langoureux,
L'astre des nuits plus doux qu'un visage de femme,
Plus pur que les pensées qu'une vierge a dans l'âme,
Sous tes pieds, roi des rois, se berce dans les airs,
Et glisse mollement sur les côteaux déserts;
Oh ! j'aime bien alors ce silence nocturne,
J'aime bien sur mon front pensif et taciturne,
Seul au milieu des bois, recueilli, soucieux,
A sentir de son aile effleurant mes cheveux
La brise de la nuit se jouer caressante
Comme un serment d'amour, comme un baiser d'amante.
Alors du moins, alors je peux, barde inconnu,
Sans irriter l'orgueil du puissant parvenu,
Sans craindre que ma voix sous les dômes du riche,
L'inquiète au milieu du luxe qu'il affiche,

Et n'aille le troubler au sein de ses plaisirs ;
Je peux à la vertu consacrer mes soupirs,
Je peux pleurer mes maux et les maux de mes frères,
Je peux lui dire : ô Dieu qui nous créas égaux,
Vois ce qu'on nous a fait : et tes brûlans carreaux
Ne vengeront-ils pas, Seigneur, un tel outrage !
Sommes-nous donc moins qu'eux formés à ton image?
De tes bienfaits, comme eux, ne pouvons-nous jouir?
Les fis-tu pour régner, nous fis-tu pour servir ?
Leur as-tu dit, Seigneur : à vous toute puissance :
Le peuple est votre proie et de votre opulence
Le prix de ses travaux grossira le trésor !
Sans cesse, chaque jour, pour vous donner de l'or,
Faites-le travailler comme un troupeau servile !
Le paysan doit nourrir le riche de la ville,
Le peuple qui travaille, et qui manque de pain
Doit payer un tribut au grand qui ne fait rien ;
Courbez-le sous le joug ! du gain de sa journée
Il ne doit pas jouir, lui, non ; sa destinée
Est de porter chez vous le fruit de ses labeurs :
Il doit à vos festins le prix de ses sueurs,
Il doit fournir aux frais de vos fêtes pompeuses,
Il doit entretenir vos salles fastueuses ;
Qu'importe que chez lui l'enfant meure de faim,
Que l'épouse succombe en demandant du pa in,

Qu'engourdi par l'hiver le vieillard sur la pierre
N'ait pas un seul haillon pour convrir sa misère,
Pour rendre un peu de vie à ses membres glacés !
Qu'importe tout cela ?... Jouissez ! jouissez !
Epuisez jusqu'au fond la coupe de l'orgie,
Pressez bien sa mamelle, elle n'est pas tarie,
Peut-être pourrez-vous en retirer encor
Quelques gouttes de lait pour vos calices d'or !...
Non, tu n'as pas tenu, Seigneur, un tel langage
Non; tu n'as pas voulu que les uns en partage
N'eussent que les travaux, les peines, les douleurs,
Qu'à d'autres appartienne le fruit de leurs sueurs !
Tu n'as pas dit aux uns : Vous aurez des esclaves;
Aux autres : voyez-vous ces hommes pâles, hâves,
A vous donner des fers ils sont prédestinés.
Hommes, à leurs genoux humblement inclinés
Vous devez les servir, saluez-les vos maîtres ;
Et pourtant, ô mon Dieu, c'est ce qu'on dit les prêtres
Et le peuple ignorant a fléchi sous la main,
Qui lui forgeait ses fers, qui lui donnait le frein !
La vertu tremble et sert sous le fouet du vice :
Quand viendra donc, ô Dieu, le jour de la justice !
Quand soufflera pour tous l'air de la liberté?
Quand verrons-nous partout régner l'égalité ?
Quand les hommes enfin seront-ils tous des frères ?

Il en est temps, Seigneur ! le fardeau des misères
N'a t-il donc pas encor assez courbé de fronts ?
N'avons-nous pas, mon Dieu, souffert assez d'affronts ;
Venge-nous ; tu le peux, tu le dois, notre père !
Arme-toi, Dieu puissant, de ton brûlant tonnerre,
Père bon, tes enfans souffrent sont malheureux !
Délivre-les, Seigneur, puisque seul tu le peux !
Brise le joug honteux attaché sur leurs têtes !
Frappe leurs oppresseurs au milieu de leurs fêtes !
Qu'ils tombent sous tes coups ! Qu'enfin la liberté
Règne dans l'univers avec l'égalité !
Et puisse alors ton nom, du couchant à l'aurore,
Etre béni toujours, Dieu puissant que j'implore !
Puissent des chants pieux s'élever à jamais
Pour exalter, Seigneur, ton amour, tes bienfaits !

FIN.

Montmartre.—Imprimerie de WORMS, boulev. Pigale, 46.

TABLE DES MATIÈRES.

FIN DE LA TABLE DES MATIÈRES.

www.ingramcontent.com/pod-product-compliance
Ingram Content Group UK Ltd.
Pitfield, Milton Keynes, MK11 3LW, UK
UKHW022110170726
13837UKWH00003B/1146

9 782019 705459